The Fallen Alpha

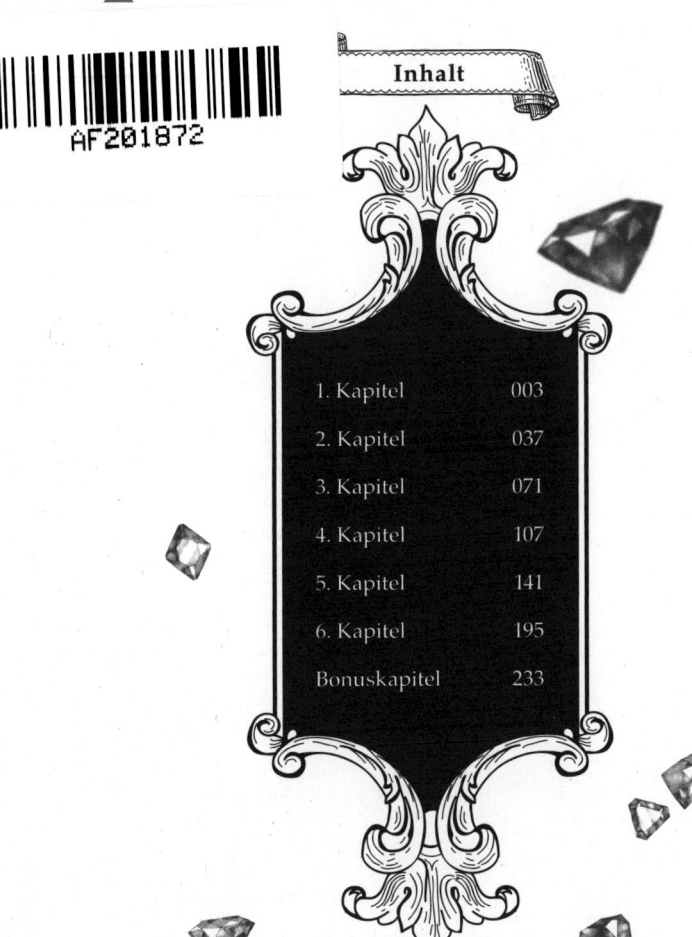

Inhalt

Omegaverse

Zusätzlich zur Unterscheidung in Frauen und Männer gibt es eine
weitere Einteilung nach Alpha, Beta und Omega.

Alpha

Die geborenen Anführer, die außergewöhnliche Schönheit, Intelligenz und überfließendes Charisma besitzen. Aber wenn sie den
Pheromonen eines Omegas ausgesetzt sind, können sie auch aggressiv
werden, da sie in eine akute Brunst namens »Rut« kommen.

Beta

Über 70% der menschlichen Bevölkerung sind Betas. Ihre physischen
Merkmale und Intelligenz entsprechen denen eines normalen Menschen.

Omega

Eine seltene Geschlechtsform, bei der auch Männer schwanger werden
können. Weil sie eine Brunstzeit haben, werden sie als schwächer an-
gesehen. In der Brunst, die bei den Omegas »Heat« heißt, verströmen
sie Pheromone, denen die Alphas nicht widerstehen können.

Paarbindung

Ein starkes Bündnis, das nur zwischen Alpha und Omega möglich ist und
dessen Bindung stärker ist als die von Familien, Ehepartnern und Liebhabern. Das Paar wird gebunden, wenn der Alpha beim Sex in den Nacken
des Omegas beißt und dieser sich in der Brunstzeit befindet. Kam eine
Paarbindung zustande, kann das Paar sich nur noch gegenseitig erregen.

Schicksalspartner

Alphas und Omegas, deren Pheromone im Moment des Aufeinander-
treffens harmonieren. Man sagt, dass sie sich unwiderstehlich zueinander
hingezogen fühlen, als ob es in ihrer DNA stehen würde.

Medikament zur Unterdrückung der Brunst

Medikament, das von Omegas genommen wird, um ihre Pheromonaus-
schüttung zu dämpfen und ihre Brunst zu kontrollieren. Wenn sie das
Medikament nicht regelmäßig einnehmen, sinkt dessen Wirksamkeit.

Das ist also Japan ...

Der 15. Prinz des Königreichs Romel, Rai Zalavant (28).

SCHMUNZEL

ふ？

In Ordnung.

Rai-sama*, das Auto ist für Sie bereitgestellt.

*sehr höfliche, geschlechtsunabhängige Anrede

Ich komme dich holen, Keisuke.

Rai-sama.

10

Heute ist
der Traum
ziemlich re-
bellisch.

Was soll
der Unsinn?!
Du verwech-
selst mich!

HAPP

Was?!

Hah ...

SCHLECK

LÄCHEL

Aber das
ist auch
süß.

195 cm

... bist doch
nicht etwa
Keisuke?!

Ja,
Rai-san!

Riesig und gar
nicht lieblich

SCHOCK

Wow! Du
riechst so
gut!

SCHNÜFFEL

Hmm!

Rai-san
...

Wie ein
Gorilla ...

D... Das
kann nicht
sein! Du warst
doch lieblich
und süß!

STREICHEL

... und
been-
gend.

DRÜCK

Uff ...
er ist so
groß ...

ZUCK

...das eben?

Was war ...

... bist du an mich ge-bunden.

Von jetzt an ...

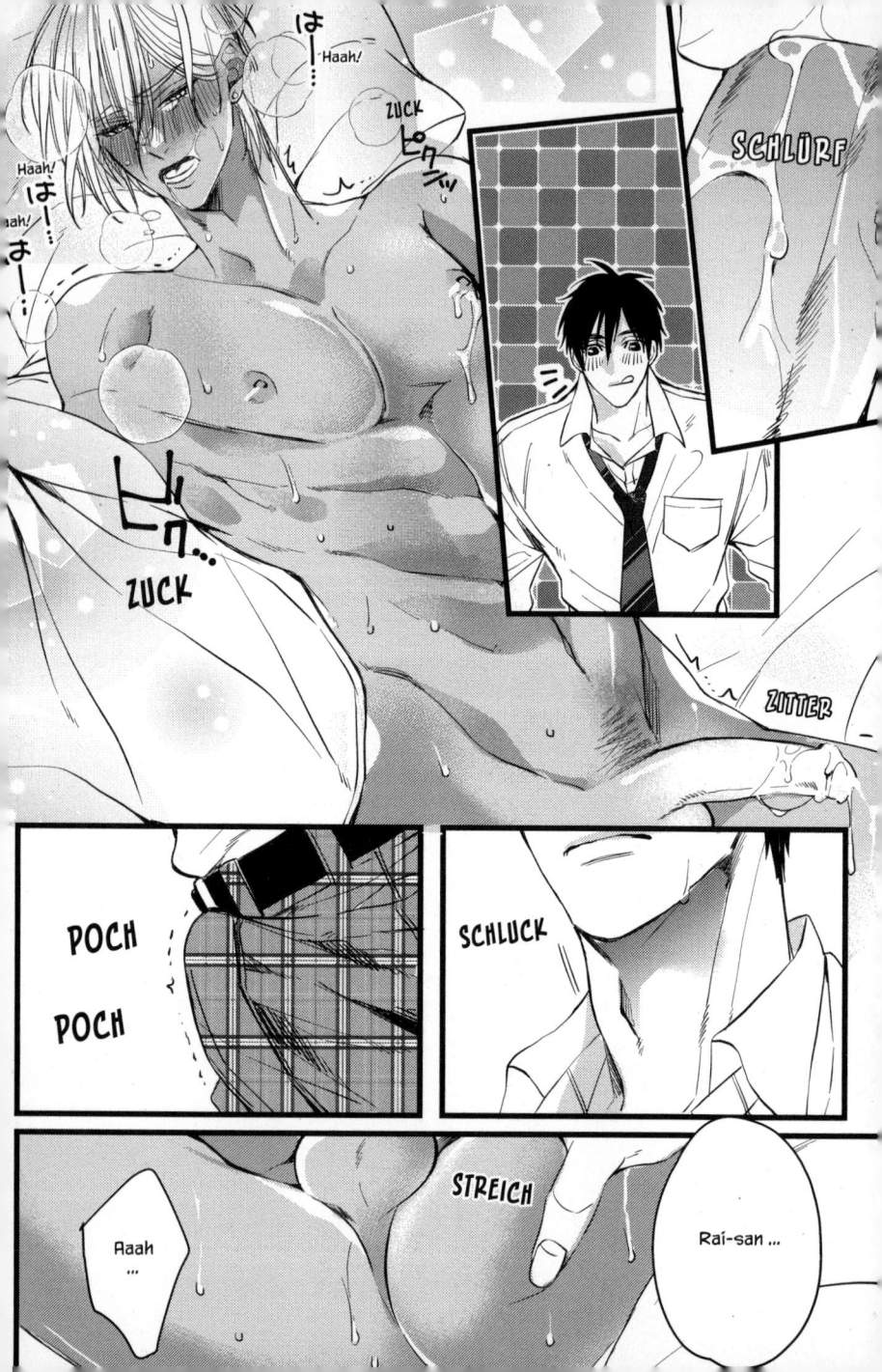

Äh!... A... Aber hast du vergessen, wie liebevoll du dich um mich gekümmert hast ...?

Ich will deine Ausreden nicht hören. Sich an der Königsfamilie zu vergreifen, ist ein schweres Verbrechen!

So einen wie dich kenne ich nicht!

Wer ist das?

... heiraten, Rai-sama ♡

Ich möchte dich ...

Der Keisuke, den ich kenne, ist ein hübscher Junge!

Das letzte Mal, als Ihr Sakaki-sama gesehen habt, war er ein achtjähriger Junge. Nun ist er erwachsen geworden, Eure Hoheit.

erzeihung!

Nadia!

Ihr liegt falsch. Diese Person ist ohne Zweifel Keisuke Sakaki.

Aber ...

Vergiss es! Schmeiß diesen Mistkerl endlich raus.

Mich?

?

Die kommen vom albernen Kinderspiel dieses Gorillas. Wir sind beide Alphas.

!

SCHRE

Was ist?

Rai-sama ...?

Da sind Bissspuren an Eurem Hals ...

... aber ich habe die letzten zehn Jahre auf deine Worte vertraut ...

E... Es ist wahr, dass ich gewachsen bin ...

Was heißt schon wieder ...? Denkst du so schlecht von mir?

Hallo Sakaki-kun*!

Keisuke, was ist mit deinem Gesicht passiert?

Alles okay?

Hast du etwa schon wieder ein Mädchen wütend gemacht?

*Anrede für Jungen und jüngere Männer

Sakaki-kun, du schaffst es, ohne Lernen für ein Medizinstudium an der T-Universität angenommen zu werden. Lass uns Spaaaß haben!

Lass uns eine Lernpause machen und Karaoke singen gehen ❤

Rai-sama!

Uhh ... Tut mir leid, Mädels. Ich passe heute.

LÄCHEL

Waaas?

Wenn Ihr es nicht lassen könnt, nehmt bitte zumindest Eure Leibwachen mit!

Wage es nicht, mir Befehle zu geben, Nadia.

Bitte bleibt drinnen!

Ich suche Ersatz für den Mistkerl Keisuke und nehme ein, zwei neue Schönlinge in meinen Harem auf.

Wenn ich meine Leibwachen mitnehme, falle ich doch zu sehr auf. Alle laufen vor mir weg, ehe ich sie nur ansprechen kann.

Die Leibwachen (alle schön).

Hngh!

Ist ja gut ...

Ugh!

Eure Hoheit, jedenfalls bitte ich Euch, heute hierzubleiben!

SCHLUCK

Du bist schon 28! Hör auf, Unsinn zu machen, und finde endlich einen festen Partner zum Binden.

Eure ältere Schwester, die Majestät, wird Euch wieder tadeln.

ガラーン...
LEERE

WAMM

Nadia-sama!

Na dann ...

MURMEL

Ein Araber?

Cosplay?

FLÜST

Nadia ist zu leicht zu täuschen.

VERTRÄUMT ♥

GRINS

*Ein Omega ...
Er sieht jung
aus. Gar nicht
so übel.*

Hallo.

Oh?!

Äh ...
Hallo
...

Gib mir
einen An-
zug, der mir
gut stehen
würde.

Ja...
Jawohl!

*Na ja, das
ist wohl das
Beste, was sie
spontan zur
Verfügung
hatten.*

TAPP

Fällt immer
noch auf.

The
Fallen
Alpha

Hah
...

Haah
...

POCH

POCH

Schon
wieder.

2. Kapitel

SCHAUDER

Rai-
san.

Rai-
san.

Wenn er mich
berührt, wird
mir komisch.

POCH

Ich kann
meine Stimme
nicht mehr
kontrollieren.

POCH

ZUCK ZUCK

Selbst die
leichte Vibrati-
on des Trom-
melfells fühlt
sich gut an.

PRESS

Ich
will
...

Nicht?

... nicht!

DRÜCK

KNEIF

Ah ...!

ZUCK

Hngh!

RECK

PRESS

Es ist ein Unterschied wie Tag und Nacht, wenn man es mit dem Schicksalspartner macht. Spürst du es?

Dafür, dass du nicht willst, bewegst du deine Hüften aber viel ...

...!

Haah ...

Ich will es nicht spüren!

Haah ...

Was weiß ich ...

Wie kann das Schicksal sein?! Du und ich, wir sind beide Alphas!

Du bist wie ein offenes Buch. Wenn du das mit so einem Gesichtsausdruck sagst, ist es wenig überzeugend.

Ich hab's dir gesagt ...

... dass ich dir zeige, dass du mir gehörst.

STREICH

Kh ...

Du hast den Jungen angesprochen, weil du es noch nicht verstanden hattest, oder?!

Hah!

Häh!

POCH

... und mir ist heiß.

POCH POCH

Was ist mit meinem Körper los?

Mein Herz schlägt so laut ...

Hat es dir gefallen?

ZITTER

Haah ...

Haah ...

Küss mich ...

Hah ...

TRAUM

Aah ...!

Hah ...

?!

Du guckst so, als ob du einen Kuss möchtest.

Es müssen auch nicht unsere Lippen sein, die sich berühren!

ZERR

Ah!

Soll ich dir einen geben?

Schweig ...!

Nicht
...

Warte bis dahin auf mich.

Ich verspreche, dich abzuholen.

Deshalb brachte er mich voller Panik schnell nach Japan zurück.

Mein Vater dachte, dass ich entführt worden war.

Das nächste Mal aber, wenn wir uns wiedersehen ...

Wenn wir uns wiedersehen ...

Nadía ...

Habe ich Euch geweckt?

Ich habe Eure Kleidung gewechselt. Wie fühlt Ihr Euch?

Es scheint, dass Ihr ein wenig Fieber habt. Ruht Euch bitte gut aus.

Schlapp ...

Ich habe Fieber ...

Fühlt sich deshalb mein ganzer Körper so seltsam an?

Sakaki-sama hat sich zurück-gezogen.

Rai-sama ... Es gibt et-was, das ich Euch erzählen muss.

Wo ist d Mis kerl

Was?

Ich ver-stehe.

... und dass Ihr in Wahrheit nicht zum Arbeiten hierhergekommen seid, sondern um einen Japaner in Euren Harem aufzunehmen.

Dann berichte ich Eurer älteren Schwester, der Majestät, von dieser Angelegenheit ...

Und wenn ich mich verweigere?

Habe ich je zuvor einen Scherz gemacht?

Aber ich bin auch wirklich zum Arbeiten hergekommen, weißt du?

Hach ...

Na gut. Ich habe verstanden.

Und? Wie finden wir denn jetzt eine Person, die *damit* umzugehen weiß?

Ich und Eure anderen Untergebenen werden Euch so gut wir können bei der Arbeit unterstützen ...

... also bitte ruht Euch gut aus, Rai-sama.

Ich habe keinen Arzt mitgenommen. Sowieso sind außer dir alle Leute, die ich diesmal auf die Reise mitgenommen habe, Betas und auch nur Leibwachen.

Ich werde mich mit dieser Angelegenheit persönlich befassen.

Gut.

Ich schlafe jetzt.

Das heutige Geschäftsessen und alles Weitere wurde abgesagt oder es wurde ein Vertreter für Euch gefunden.

Und die neuen Geschäfte könnt Ihr auch weiter abwickeln, wenn Ihr wieder zu Hause seid.

Wo ist Nadia? Ich habe sie heute noch nicht gesehen.

Okay.

The Fallen Alpha

The
Fallen
Alpha

3. Kapitel

Ja! Rai-sama hat sich noch nicht vollständig zu einem Omega gewandelt und wir wissen nicht, wann das passieren wird.

Aber wir befinden uns in einer schwierigen Situation, weil er im Moment die Verschreibung der Medikamente zur Unterdrückung der Brunst ablehnt.

Ich soll ...

Wir wissen nicht, welche Ausmaße es hat, wenn ein ausgewachsener Alpha zu einem Omega wird und dann in Heat gerät.

Und wir wissen nicht, wie lange er seine normale Denkfähigkeit aufrechterhalten kann.

... als Leibwache jobben?

Wenn in der Umgebung Alphas sein sollten, die von seinen Pheromonen angezogen werden, bitte ich Euch, ihn zu beschützen.

Wenn es nötig sein sollte, lasst ihn die Medikamente zur Unterdrückung der Brunst einnehmen und wartet ab, bis er sich beruhigt.

Selbstverständlich werde ich diese Aufgabe selbst übernehmen, wenn ich vor Ort bin.

Aber warum ich?

Nein, ich mache mir keine Sorgen. Denn Ihr liebt Rai-sama.

Ich bin es doch, der ihm das alles eingebrockt hat.

Was?

Machen Sie sich keine Sorgen, dass ich als Alpha seinen Pheromonen nicht widerstehen kann und mich an ihm vergreife?

Was meint sie damit, dass ich mich zurückhalten soll, weil er nicht ans Schicksal glaubt?

PATAMM

Auf der Welt leben über 7 Milliarden Menschen.

Wie hoch ist da die Wahrscheinlichkeit, überhaupt auf einen Menschen zu treffen, den man liebt?

Wenn man diese eine Person findet ...

... ist das einzigartig und unvergleichlich ...

... ist absolutes Glück.

... und sich innig lieben zu können ...

Es gibt zahlreiche
Alphas und Omegas
auf der Welt, die sich
nie begegnen und ...

... viele Schicksalspartner, die sich nie finden.

Wir sollten doch glücklich darüber sein, dass
wir uns überhaupt begegnet sind, oder?

Oh!

Hey!

Okay ...
Wie wäre es
mit Fernse-
hen? Oder
Gaming?

Ich
bin ziem-
lich gut im
Gaming.

Uups,
ich hab
geträumt.

Mir
ist lang-
weilig.

Ah!

J...
Ja ...

Die sind alle unterwegs, um mich bei der Arbeit zu vertreten.

Dann lass uns weitere Leibwachen mitnehmen ...

Ich möchte rausgehen.

Äh ...

Aber Nadia hat gesagt, dass du dich ausruhen sollst ...

Äh ... dann heißt das, dass du und ich ... dass wir nur zu zweit unterwegs sind?

Ich bin extra nach Japan gekommen. Ein wenig Sightseeing sollte doch wohl drin sein?

Ich habe aber kein Fieber mehr.

Du bist ja ziemlich locker drauf ...

Warum sollte das ein Problem sein? Niemand trachtet mir nach dem Leben, also reicht es völlig, nur dich als Leibwache mitzunehmen.

... auf ein Date?

Hmm? Heißt das also, wir gehen ...

N... Nichts! Es ist rein gar nichts!

SCHAUDER

Ich suche einen passenden Bus raus ... Ach nein, ich rufe uns ein Taxi!

?

Was ist los?

MURMEL ...

TAKEUE STREET

Bitte
schön.

Was
ist das
...?

Ich dachte,
vielleicht
möchtest
du es pro-
bieren?

LÄCHEL

Aber
jetzt habe
ich es schon
gekauft. Pro-
bier es gerne,
wenn du Sü-
ßes magst.

Ach
so?

Ich habe
nur dahin ge-
schaut, weil so
viele Frauen dafür
in der Schlange
standen.

...

Das ist eine Süßigkeit aus Zucker. Die Mädchen aus meiner Klasse wollten, dass ich Zuckerwatte mit ihnen essen gehe, deshalb habe ich es einmal probiert ...

... aber für mich war es viel zu süß und hat mir nicht geschmeckt.

Und es gibt auch bunte Zuckerwatte oder extrem lange Pommes.

Zuckerwatte?

PACK

Oh!

Rai-san!

Bitte geh auf dieser Seite.

Ist diese Seite etwa besonders?

...

Aber es ist gefährlich, wenn du auf der Seite gehst, die näher an der befahrenen Straße ist.

Nein, nicht unbedingt.

STARR

Mir ist nur aufgefallen, dass du ziemlich geübt wirkst, als ob du genau dieses Date schon einmal gemacht hast.

Ich habe mein Taschentuch vergessen.

Sorry!

Das meine ich gar nicht.

Du bist etwas Besonderes für mich.

So etwas mache ich nicht. Ich war noch nie mit einem Mädchen alleine.

Ich kaufe uns warme Getränke.

Ist schwarzer Tee für dich in Ordnung?

Sorry dass du warten musstest.

Als ich dich kennengelernt habe, warst du so klein wie das Kind da ...

Ja, das stimmt.

Hm?

Du bist wirklich ziemlich groß geworden.

PATSCH
Wer ist hier ein Omega? Fass mich ja nicht mit deinen dreckigen Händen an!
Woow! Wütend bist du noch schöner.
Hey! Lasst ihn uns mitnehmen.
KLONG
Urgh!
BAMM

Der da gehört mir!

Was wollt ihr?

Scheiße ... Hauen wir ab!

Die paar Männer machen mir nichts aus.

Es tut mir leid, dass ich dich alleine gelassen habe! Bist du verletzt?

Ich habe Nadia benachrichtigt ...

Sie wird uns abholen kommen, aber ...

Verzeihung!

PACK

HOTEL DONNA

Hah!

Hah! Hah!

ERREGT

Rai-san, ich wische dir den Schweiß ab.

Ich habe Nadia gebeten, dir Kleidung zum Wechseln mitzubringen.

GREIF

SCHLUCK

RASCHEL

Das ist nur eine Notfallmaßnahme ... Bitte sag mir, wenn ich aufhören soll.

Hah!

Es ... schmerzt ...

Haah ...

Hah!

PRESS

KÜSS

Wir passen
perfekt zu-
einander, als
wären wir
schon immer
zusammen
gewesen.

Wenn wir
keine Schick-
salspartner sind,
was dann?

»Er glaubt
nicht ans
Schicksal.«

... kann es sein, dass ich diese Person, die ich so sehr liebe, gehen lassen muss.

Wenn das wahr sein sollte ...

Irgendwann ...

... befindet sich dann statt mir jemand anderes an deiner Seite.

... und mich damit ab-finden?

Muss ich mir das aus der Ferne an-schauen ...

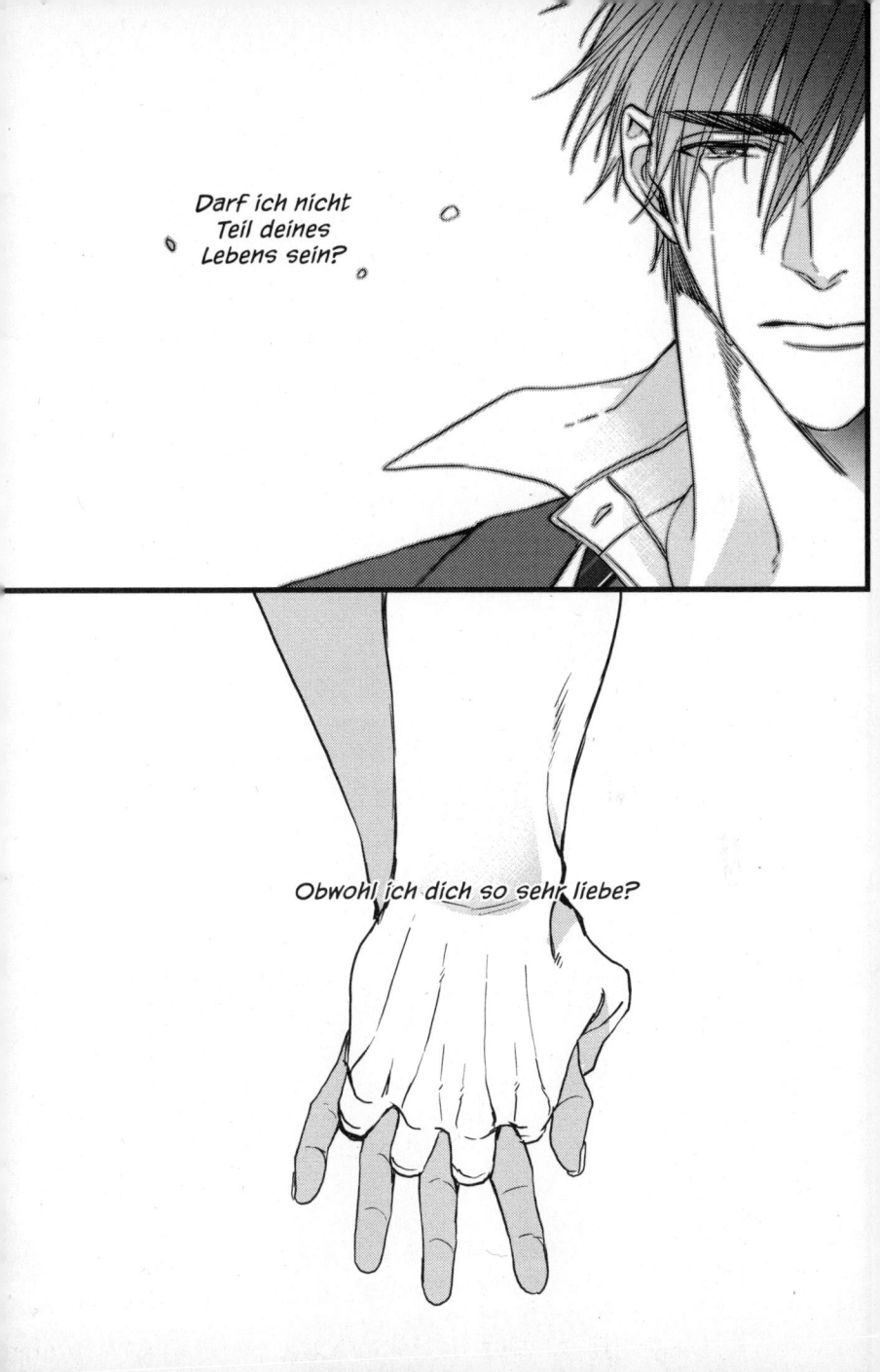

The Fallen Alpha

Ich habe seitdem nichts mehr gehört ...

4. Kapitel

»Begebt Euch zu Hause in Rufbereitschaft, ich melde mich wieder.«

Wie es Rai-san wohl geht? Er wirkte sehr gequält ...

Darf ich ihn besuchen gehen ...?

Vielleicht war es keine gute Idee rauszugehen, weil sein Körper sich ja wandelt und er sogar Fieber hatte ...

Hah
...

Hah
...

Diagnose

░░░ ░░░ ░░ Ω
░ ░░░░ ░░░░

Ich, Prinz eines Königreichs ...

Rai-sama, bitte beruhigt Euch!

... wandle mich zu einem Omega. Wie kann das sein ...?

Wie soll ich da ruhig bleiben?!

Auch als Omega seid Ihr weiterhin derselbe. An meiner Loyalität wird sich nichts ändern.

Wenn Ihr ihn an Euch bindet, wird Euch niemand ein Haar krümmen können.

Er ist selbst im Vergleich zu anderen Alphas ganz besonders stark.

Es gibt nur einen einzigen Schicksalspartner.

Als ob er die einzige Option ist ...

Ich verabscheue dieses Thema!

Hör auf damit! Vergiss es!

Bevor Ihr in Euer Land zurückkehrt, solltet Ihr ihn unbedingt noch einmal sehen.

KNARR

Okay. Ich kümmere mich sofort darum.

...?

Verzeihung ...

Was ist?

FLÜSTER

Was ...? Du ...?!

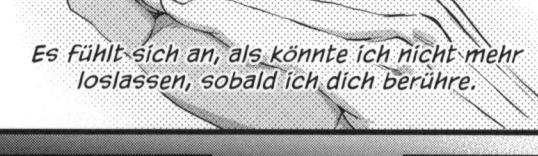

Es fühlt sich an, als könnte ich nicht mehr loslassen, sobald ich dich berühre.

Das ist also ...

Er ist mein Schicksalspartner.

»Warum nur ...?«

... wie man sich dem Schicksalspartner gegenüber fühlt.

Rai-san ...

Dann will ich ihn umso weniger ...

HALT

Komm mir nicht näher!

»Bitte schmeiß mich nicht weg ...«

Die Medikamente sollen die Empfindung schwächen.

Wie intensiv fühlt es sich ...

SCHAUDER

SCHAUDER

... dann ohne Medikamente an?!

... obwohl du fast am Weinen warst, nichts erwidern?

Rai-sama ...

Sag jetzt nichts ...

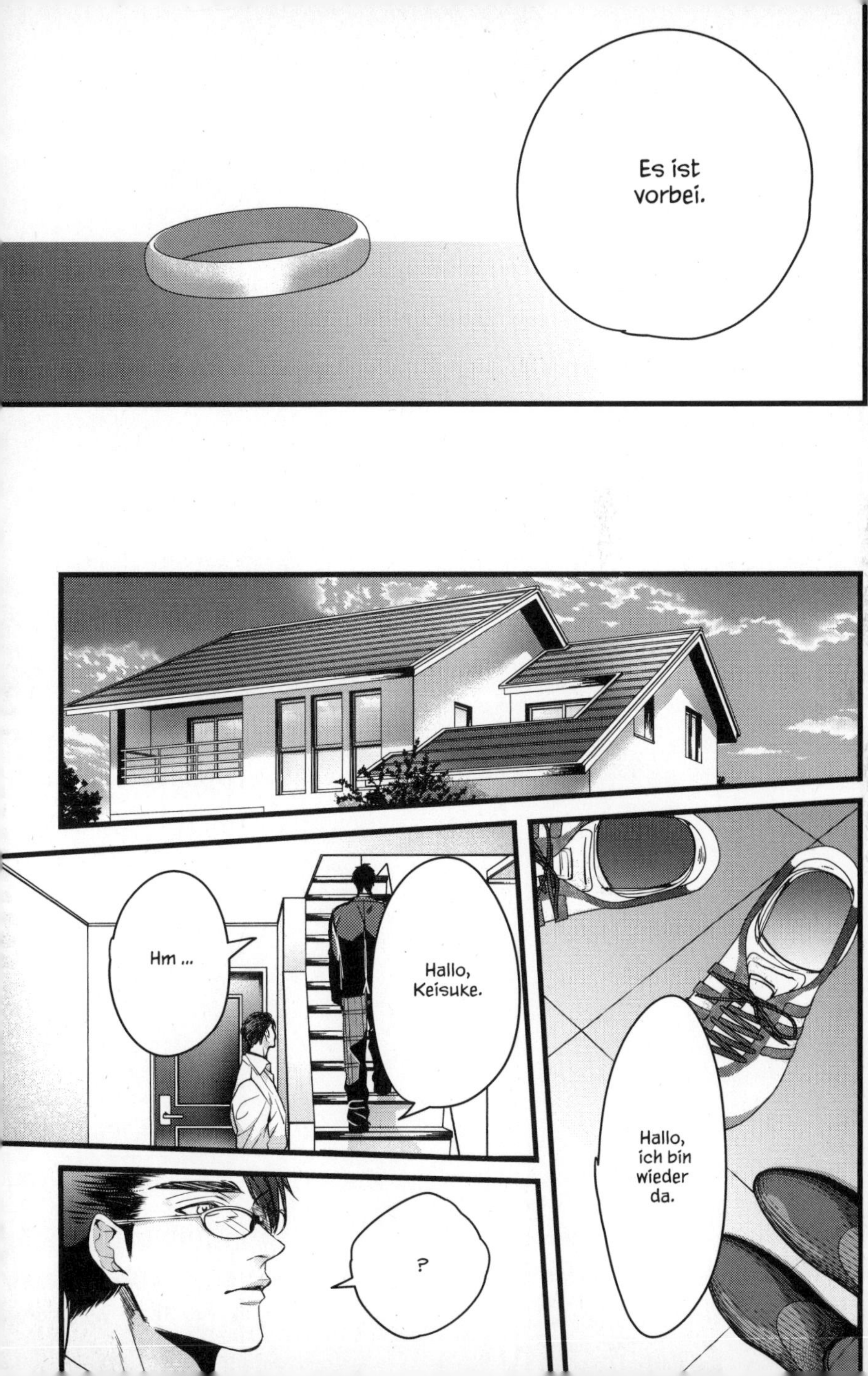

Es ist
vorbei.

Hm ...

Hallo,
Keisuke.

Hallo,
ich bin
wieder
da.

?

PAFF

Aber es stimmt, dass ich ein Alpha bin und er die Gene eines Omegas besitzt.

Laut Nadia habe ich gespürt, dass in ihm ein Omega steckt.

Zudem ist er als Omega mein Schicksalspartner.

Ich hab noch nie darüber nachgedacht ...

... weil ich bisher nur daran gedacht hab, dass ich ihn schon immer liebe.

»Liebst du mich wirklich?«

Ist es eine Illusion, dass ich ihn so sehr liebe?

Sind meine Gefühle nur Halluzinationen, ausgelöst durch meinen Trieb als Alpha?

Bilde ich mir alles nur ein, weil ich ans Schicksal glaube?

Viele Omegas haben mich schon gebeten, dass ich mich an sie binde.

Als ein Omega vor meinen Augen in Heat geraten ist ...

... hat es mich körperlich erregt, aber mein Herz war verschlossen.

Hach ...

Wie hat meine Schwester darauf reagiert?

Alles okay ... Das klingt nach ihr.

Sie sagt, dass alles okay ist.

Wie bitte?

Apropos, wie ist es für dich?

Euer Geruch ist deutlich intensiver als bei einem normalen Omega.

Ich habe gehört, dass bei einem Alpha, der sich zum Omega wandelt, Ungewöhnliches passieren soll.

...

Was empfindest du, als Alpha, mir gegenüber?

SPRITZ
PIUU
PIUU
Haah ...
ZITTER
ZITTER
GLITSCH
Haah ...
Haah ...
Verdammt! Das reicht mir überhaupt nicht ...
TROPF
BADUMM
Ich will mehr ...
... mehr!
BADUMM
BADUMM
»Rai-san.«

Drei Tage.

Nur noch drei Tage ...

... muss ich aushalten, bis ich wieder zu Hause bin und ihn nie mehr sehen muss.

»Rai-san.«

The Fallen Alpha

The Fallen Alpha

»... hier nicht mehr blicken.«

»Lass dich ...«

5. Kapitel

... ihn je vergessen könnte.

Als ob ich ...

Ich weiß!

Keisuke, du kommst zu spät zur Schule!

RASCHEL

Aber er will mich nicht sehen ...

Ich überweise Euch den Betrag für Eure Dienste als Leibwache.

Ich mache noch einige Erledigungen und fliege mittags zurück.

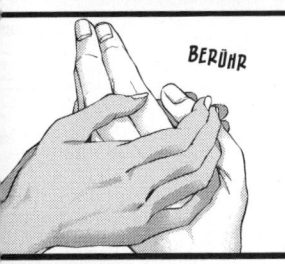

BERÜHR

Ich kann jetzt nichts mehr für Euch tun.

Er ist weg?

BRUUUMM

000...

Mach dir keine Sorgen. Ich suche für dich einen angemessenen Partner.

Rai.

Prinz Nr. 1

Was?

... weil Inzest in unserem Land als Schwerverbrechen gilt.

Es wäre doch sehr problematisch, wenn du plötzlich angegriffen wirst, nicht wahr?!

In unserer Familie sind doch alle Alphas und einige haben sich noch nicht gebunden. Wenn etwas passieren sollte, geraten wir in Schwierigkeiten ...

Ja, aber ...

... hast du bereits jemand Bestimmtes im Kopf? Hast du in Japan jemand Gutes entdeckt?

Oder ...

Schwester hat schon angefangen, das ganze Land zu durchkämmen, um den besten Alpha für dich zu finden. Du kannst dich auf sie verlassen.

Nein ...

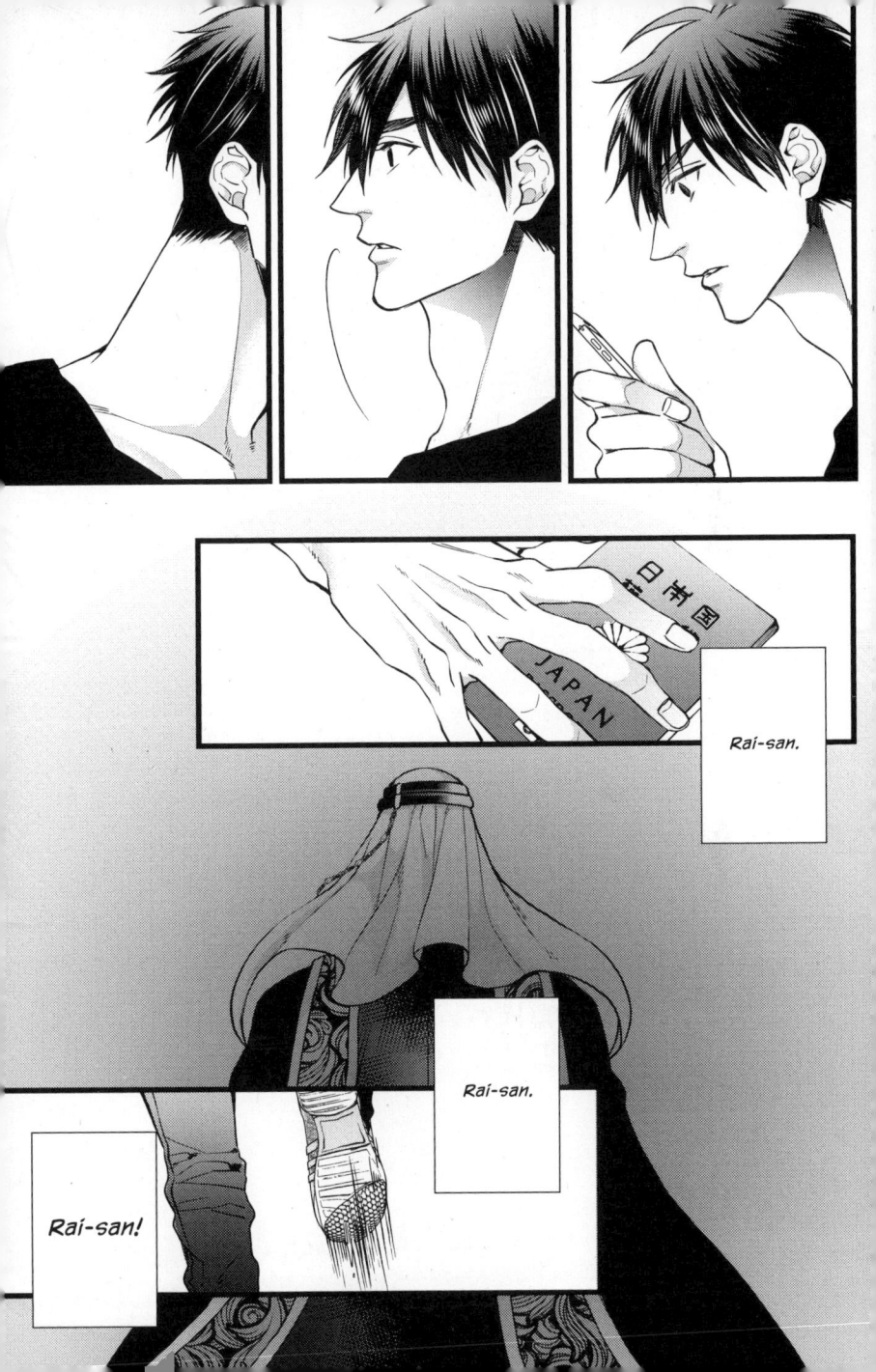

Rai-san.

Rai-san.

Rai-san!

Warum habe ich bloß gezögert ...

Es gibt nur eine einzige, richtige Antwort!

ZURR

Heute Nacht kommt der Alpha, den ich für dich ausgewählt habe, zu dir ins Schlafzimmer.

Würdet Ihr dieses Medikament zur Heat-Stimulation bitte einnehmen?

...

STARR

PLUMPS

Keine Sorge, es gibt keine Nebenwirkungen.

Los ...

... öffnet Euren Mund.

...

SCHAUER

STREICH

Hier, ich helfe Euch beim Einnehmen.

KNALL

BAMM

Nadia
...

K.O.

Rai-sama,
was war das
für ein Ge-
räusch?

Und jetzt
ist mir auch
schlecht.

Seine
Berührung
hat mich zum
Schaudern
gebracht.

Mit Keisuke
war es nicht
so ...

... aber in den zehn Jahren, die ich Euch diene, ist Sakaki-sama der erste, für den Ihr sogar in ein anderes Land gereist seid.

PATT

Rai-sama.

Bisher ist es einige Male vorgekommen, dass Euch ein Mensch besonders gut gefallen hat ...

Aber was ist mit meinen Liebhabern, die schon einmal wegen eines Schicksalspartners verlassen wurden?

Ich bitte Euch, mit ihm zu sprechen.

Es ist zu spät ...

Euer Harem wird es verstehen, sie werden nicht verletzt sein.

...

Ich weiß einfach nicht, was dieses Gefühl zu bedeuten hat.

... und der Ring ist weg ...

Du ...?

Entschul-
dige die Ver-
spätung.

Warum kann ich nicht mit der Person zusammen sein, die ich über alles liebe?
Was ist so schlimm daran, dass es Schicksal ist?
Ich möchte dich lachen sehen, sogar ab und zu mit dir streiten und dich trösten, wenn du weinst.
Wenn du glückliche Momente erlebst, möchte ich bei dir sein.
Deshalb bitte ich dich ...
... das mit uns zu überdenken.
Bitte gib die Zukunft, in der wir zusammen sind, nicht auf.

STOSS どッ×

....!

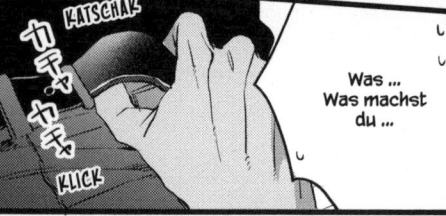

KATSCHAK
カチャ
カチャ
KLICK

Was ...
Was machst
du ...

Rai-
san
...

Sei
still.

Anschei-
nend wirken
die Medika-
mente bei
mir nicht.

Mein Geist
ist klar, aber
mein Körper
reagiert, oh-
ne dass ich
es will.

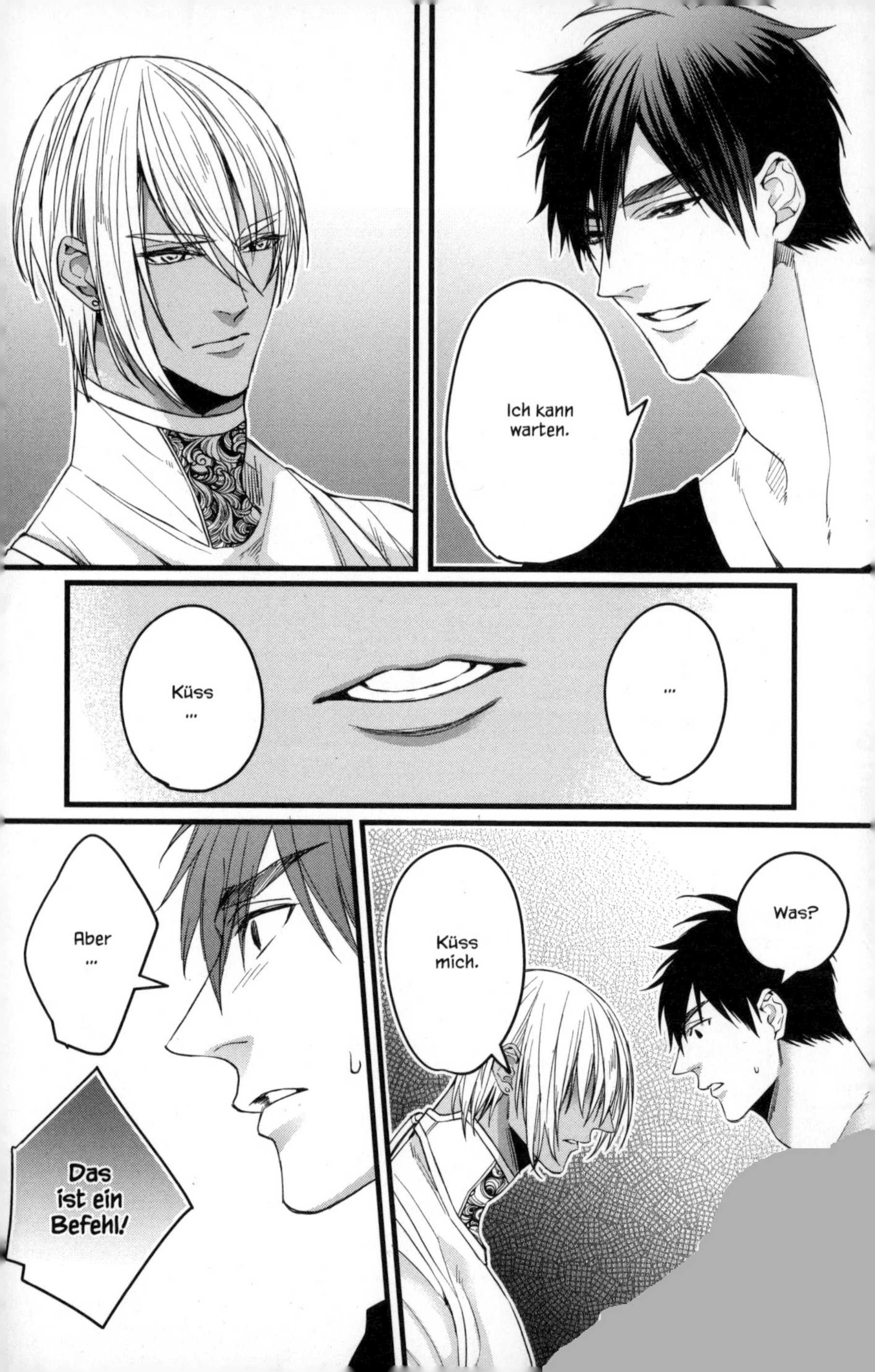
Ich kann warten.
...
Küss ...
Was?
Küss mich.
Aber ...
Das ist ein Befehl!

Diese Nacht ...

... versuchte er nicht mehr, als mich zu küssen, und hielt mich die ganze Zeit in seinen Armen.

Ich muss zwar meinen Schulabschluss machen und zur Uni gehen, aber ich komme so oft ich kann!

Und Briefe!!

Und E-Mails!

...

Okay.

SCHMOLL

Gib mir deine Hand.

STECK

Es ist wieder nur etwas Altes von mir.

Du guckst genau wie damals als Kind. Als ob du nicht gehen wolltest.

...

Um ehrlich zu sein, würde ich dich gerne nach Japan mitnehmen.

Ich liebe dich.

Ich bin so glücklich, ich könnte sterben!

Dazu ist es noch viel zu früh.

STREICHEL

STREICHEL

Scheiße...

buu

HEUL

Ich komme dich auch ...

... als dein Liebespartner besuchen.

Du hast mich beim Namen genannt!

Du meintest, dass dein Flieger abends geht, richtig?!

WOW

Keisuke!

HORCH

Ich begleite dich natürlich zum Flughafen, aber noch haben wir Zeit.

Ja?

Jetzt ist es noch morgens.

Ja ...

FAUCH

KNURR

Du Dummkopf!

Was?!

...

Das stimmt ...?

Willst du nicht mit mir Sex haben?

RATSCH

Oh, wow!

Haah ...

H... Hey!

Haah ...

Zerr nicht an meiner Kleidung.

A... Aber ...

Sie zerreißt sonst.

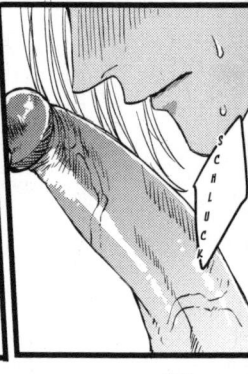

LUTSCH
KNUTSCH
Nh! ♡
ZUCK
ZUCK
Ungh ...
TSCHUPP
TSCHUPP
TSCHUPP
TSCHUPP
ZUCK
ZUCK
Lutschst du so gerne Schwänze?
Haah ...
Ja, ich ...
... liebe es! ♡
SCHLECK
Haah ...
Ah! ♡
LUTSCH
A a a a a h!
SABBER

Erlaube mir bitte, dich beim nächsten Mal ...

... hier zu beißen.

STREICH

The
Fallen
Alpha

The
Fallen
Alpha

T-Universität Matrikelnummer 10276
Vor- und Nachname   Keisuke Sakaki

T-Universität

Zulassungsbesche...

6. Kapitel

Meine Abschluss-prüfungen habe ich erfolgreich bestanden ...

... meine El-tern konnte überzeugen ...

Seitdem ich zurück nach Japan geflo-gen bin, sind einige Monate vergangen, in denen ich es kaum aushielt.

Wenn es das ist, was du willst ...

Solange du zur Uni gehst ...

... und endlich ist der Tag ge-kommen.

BUMM
BUMM

Einige Tage zu-vor ...

Ja, ich hab mich sehr ange-strengt.

Verstehe ...

... du hast also einen Studienplatz bekommen.

Ich werde dich verwöhnen.

Ich verstehe ...

Lass es mich jetzt sagen, solange ich noch kann. Ohne Medikamente verliere ich vielleicht die Kontrolle.

Das sollte ich doch zu dir sagen.

Ich melde mich demnächst wieder bei dir.

Stellt sich den Sex vor.

Du verlierst die Kontrolle ...

ERREGT

Der Rückenaus-
schnitt ist riesig
und es gibt keine
Unterhose ...

Warum
soll ich die-
se Kleidung
tragen?

Es ist
Vorschrift, die-
se Kleidung für
eine Audienz bei der
Majestät zu tragen,
um keine Waffen
schmuggeln zu
können.

Was?!
Eine Audi-
enz bei der
Majestät?

Ich soll
mich jetzt
auf einmal der
ganzen Familie
vorstellen? Ich
bin gar nicht
vorbereitet ...

Wa...
Was?

Sie ist
Rai-samas äl-
tere Schwester.
Einige von den
Geschwistern
werden eben-
falls vor Ort
sein.

LÄCHEL

Verzeih meinen Brüdern, Keisuke-kun.

Sie sind schlecht drauf, weil Rai seinen Schicksalspartner gefunden hat und er für sie nicht mehr verfügbar ist.

Hey! Sei nicht so unhöflich.

Boah, sein Gesicht ist so unglaublich schön!

Nei... Nein ... Natürlich ...

... aber lass uns nächstes Mal zusammen speisen. Ich freue mich, dass wir nun Familie sind.

Diesmal verzichte ich, weil du hauptsächlich mit Rai zu zweit in seinem Zimmer verweilen wirst ...

J... Ja ...

Hey, ich habe mich doch gerade mit dir unterhalten, Keisuke.

BATAMM

Schwester!

Ähm ...
Und wo
ist Rai-
san?

Die Freude
ist ganz mei-
nerseits.

Ist er
krank oder
verletzt?

Was heißt,
es geht ihm
schlecht?!

Rai geht
es ziemlich
schlecht. Wo
ist sein japani-
scher Schick-
salspartner?

SCHNIPS

Ich hätte
mich gerne weiter
mit dir unterhal-
ten, aber das geht
wohl nicht ...

Heute ist er
in Heat geraten
und weil er keine
Medikamente ein-
genommen hat,
soll er auf seinem
Zimmer bleiben.

Keisuke ...
Zum Bett ...
Mein Rücken
tut weh ...

Haah ...

Haah ...

RUCK!

STAPF

STAPF

218

Meine Erinnerungen an die letzten Tage sind verschwommen und vage.

RASCHEL

... und nur kurze Pausen zum Essen gemacht, als ob wir nur essen würden, um weiter Sex haben zu können.

Wir haben kaum geschlafen ...

Ugh ...

Mein Körper fühlt sich schwer an ...

UMARM

!

Lieblich
...

Einfach gesagt, habe ich eine Vorliebe für schöne Dinge und als Kind warst du ein sehr lieblicher Junge.

Hast du das also nur für mich getan?

Rückblickend war es für mich ungewöhnlich, dir etwas von mir zu schenken ...

... und sogar Jahre später in ein fremdes Land zu reisen, um dich abzuholen. Normalerweise habe ich mir nicht solche Mühe gemacht.

Ja, ich muss mich unbewusst zu dir, meinem Schicksalspartner, hingezogen gefühlt haben.

Als ich dich das erste Mal gesehen habe ...

... wusste ich es auch sofort.

Was meinst du? Sprich nicht in Rätseln ...

Verstehe ich es richtig, dass es dir auch so erging?

RASCHEL

Eigentlich wollte ich ...

... dir den Ring schon viel früher geben.

Einige
Monate
später ...

Universität Eintrittsfeier

FREU

Ende

The
Fallen
Alpha

Keisuke.

Setz dich hin, ich muss mit dir reden.

Zwei Jahre, nachdem Rai und Keisuke in Japan zusammengezogen sind ...

Bonuskapitel

SETZ
正座

Okay ...

Was ist denn?

Ich bin schwanger.

Was ist das für ein Geräusch ...?
Nh ...
Nh ... ♥
Es fühlt sich gut an ...
SCHMATZ
SCHMATZ
Mmh ...
SCHMATZ
SCHMATZ
Nnh ... ♥
Was machst du da?!
Nh-! ♥
LUTSCH
SAUG
SCHLÜRF
LUTSCH
SAUG
Nh-! Nh-! ♥
LUTSCH
SAUG
Wa... Warte. Stopp! Das ist zu viel Belastung für deinen Körper.
ZUCK
ZUCK
FLAPP
FLAPP
FLAPP
Hast du etwa vor, all die Monate keinen Sex zu haben?
FLAPP
FLAPP
FLAPP
SCHLECK

GUTSCH
GUTSCH
GUTSCH
Ich kom-me ...
... jetzt!
GUTSCH
Uh ... Uh ...
ZUCK
ZUCK
ZUCK
ERZITTER
SPRITZ
TROPF
TROPF
Wow ...
... das war viel.
SCHLECK
ERREGT
PATT
Ich will noch mehr ... Ich passe auf, deinen Bauch nicht zu belasten, okay?!
WUPP
Ende

Vielen Dank, dass du bis hierher gelesen hast. Als Nachwort möchte ich ein wenig über die Hintergrundgeschichte und die Charaktere, die nicht vorgekommen sind, schreiben. In Wahrheit liebt der Zweite Prinz nämlich seinen älteren Bruder, den Ersten Prinzen, aber da inzestuöse Liebe als Verbrechen gilt, versteckt er seine Gefühle. Ich überlege, ob er langsam seinen älteren Bruder verführen und mit ihm davonlaufen sollte ...

Keisukes jüngerer Bruder sollte ursprünglich in den ersten Seiten auftreten, aber wegen der »Spielchen der Erwachsenen« wurde sein Auftritt vorerst gestrichen. Er ist sehr cool, ein Realist und hat momentan eine Freundin. Die beiden Brüder verstehen sich sehr gut, besonders Keisuke zeigt Tendenzen zum Bruderkomplex.

Zu Beginn hatte Rai außerdem lange schwarze Haare und Keisuke war dunkelblond. Es gab weitere Veränderungen, zum Beispiel wollte ich erst keine Geschichte im Omegaverse schreiben, sondern eine Otome x Otome-Geschichte.

Ich könnte über noch mehr Fun Facts schreiben, aber das war's fürs Erste!

Keisukes jüngerer Bruder

Ein Beta in der 10. Klasse

TOKYOPOP GmbH
Hamburg

TOKYOPOP
1. Auflage, 2024
Deutsche Ausgabe/German Edition
© TOKYOPOP GmbH, Hamburg 2024
Aus dem Japanischen von Marina Andreae

RAKKA NO ALPHA OU
© 2020 Makino Nakamura / ShuCream Inc.
First published in Japan in 2020 by Takeshobo Co., Ltd.
German translation rights arranged with Takeshobo Co., Ltd.
through Tuttle-Mori Agency, Inc., Tokyo
Coverdesign: hachi inami

Redaktion: Nora Hoos
Lettering: Vibrant Publishing Studio
Herstellung: Annika Meyer-Wülfing, Nils Bornemann
Druck und buchbinderische Verarbeitung:
CPI – Clausen & Bosse GmbH, Leck
Printed in Germany

ISBN 978-3-7593-0297-7

www.tokyopop.de